어른이 되지 않아

어른이 되지 않아

반디울 글·그림

"우리는 몇 살부터
진짜 어른이 되는 걸까?"

차례

01
|
남과 다른 내가 어때서

02
|
어른이라 더 힘든 일들

03
|
멀지만 가까운 타인들 속에서

프롤로그

어른은 무엇일까요?

문득 살면서 나는 '진정한 어른인가'를 자문하는 순간이 찾아 왔습니다.

진정한 어른,
어른다운 어른,
그냥 어른,
어른 같지 않은 어른,
나잇값 못하는 어른 등…….

어른 앞에 다양한 수사를 붙여 보아도 많이 어색하지 않습니다. '나는 어떤 어른인가?'라는 큰 물음을 갖고 살지 않았지만, 이제 그런 생각을 해보아야겠다는 생각을 하는 시기에 접어들었습니다.

이런 질문을 던지고 되짚어보게 되는 이유는 확신이 없기 때문일 겁니다. 왜 어른이라고 자신 있게 말하지 못하고 있는 것일까요? 생각보다 많은 사람들이 이 물음에 확신을 갖고 있지 못하다는 걸 알게 된다면, 우리의 불안한 마음이 편해질까요?

아무래도 어른이 되지 않는 것 같은 나의 고민에서 시작해서 꼭 어른이 되어야 하는지의 물음까지 다양한 생각을 담아 보았습니다. 평범하게 흘러가는 삶의 한 순간들도 놓치지 않고 넣어 보았습니다.

인생을 살아가면서 자꾸 뒤돌아보며 되묻는 질문을 멈출 수 없는 것이 우리의 숙명일까요? 아마도 그 질문을 같이 공유하고 나누다 보면 혼자만의 문제가 아니라는 것을 느낄 수 있으리라 믿어 봅니다. 그리고 좀 더 나은 방향으로 작지만 천천히 함께 걸어갈 수 있지 않을까요?

01
|
남과 다른 내가 어때서

20만원어치 산책

주말 오후 집에만 있기 답답해진 우리 부부는 잠깐 걷고 싶어졌다.

어른이 되지 않아

딱 각티슈만 사오자며, 동네 대형 마트로 갔지만…

대형마트란 곳이 사람을 그냥 좀 걷게만 놔두는 곳인가?
한두 번 당한 것도 아니면서 이미 장을 봐둔 것이 있으니 걷기만 할
수 있을 거라는 망상에 사로잡혔다니!

카드를 꺼내면서 계산대 위로 쌓인 이런저런 물건들을 보니
바다에 나가 잡은 참치, 압착하여 걸러낸 콩 기름, 정성껏 키운 암탉,
부드러운 가죽 운동화를 얻기 위해 밖에 나가 다른 품을 팔고 받은
물물교환권 조가비를 들고 서 있는 기분이다.

쇼핑카트에 한가득 채운 마켓의 물건들을 집으로 들고 오면서
'그래도 이건 사야 했어' 라고 애매한 타당성을 붙여보지만
슬쩍 걸으러 나갔다가 홀렁 털리고 온 기분이 드는 건 왜 일까?

어른이 되지 않아

공짜

모처럼 뭉게구름이 드리운 파란 하늘을 보고 누웠다.
거기에 더해 너무나 시원한 바람까지 불어오고…

이렇게 멋진 하늘과 바람을 공짜로
만끽해도 되는 건가?

인생은 공짜라는 게 거의 없는데
최고로 멋진 것은 가끔 이렇게
그냥 선물처럼 가까이에 있다.

꿈속일 때가 더 좋다

우연한 계기로 제대로 배우고 나서 수영하는 재미를 알게 되었다.

어른이 되지 않아

하지만 정말 환상적인 유영을 즐긴 건
수영을 전혀 하지 못하던 때 꾸었던 꿈에서였다.
물 속에서는 발도 떼지 못하는 내가
꿈에선 마치 선수처럼 물살을 가르며
자유롭게 수영하던 쾌감이란…
말로 다 표현하지 못할 만큼 좋았다.

수영을 배우고 나선 그런 꿈을 꾸지 않는다.
운전도 마찬가지.

한창때 꿈에선
수영하고 운전하는 만큼
짜릿한 기분으로 날아도 다녔다.

내가 진짜로 슈퍼맨처럼 날 수 있게 된다 해도
아마 그 또한 꿈속의 비행만큼 아찔할 순 없을 것이다.

마치 수영을 배우듯
이루지 못할 것 같던 무엇을 해내고 나면 너무나 좋지만,
그보다 더 좋은 건
꿈꾸는 오늘이 아닐까?

마침내 꿈을 이루고 나면 꿈꾸던 그 시절이
꿈결같이 달콤하게 느껴지는 것인지도 모르겠다.

어른이 되지 않아

꿈보다 해몽

아버지가 꿈에서 상상도 해본 적 없는 휘황찬란한 봉황과 마주쳤다
고 한다.
넋을 잃고 그 봉황을 보다가, 지나가는 나무꾼에게 "저게 봉황이지
요?" 하고 물으니 그냥 산닭이라고 하더란다.
봉황 아니고 그냥 산닭.
내 태몽을 봉황이라고 말해주던 아버지가 뜬금없이 보탠 태몽의
디테일에 김이 확 새버렸다. 그럼 그렇지 뭐 봉황씩이나…

사실 봉황이어도 산닭이어도 상관없는 옛날이야기이지만,
이왕이면 나의 태몽을 봉황이라고 밀어붙이기로 했다.

내 가치를 모르는 타인의 시선과는 상관없이
난 어디까지나 산닭 아닌 봉황인걸로.
내 가치는 내가 만들어 가는 걸로!

어른이 되지 않아

나를 괴롭히지 않기로 했다

작가 사노 요코의 에세이에 등장하는 '반성도 잘하고 자기혐오에 빠지기도 잘한다'는 작가의 친구 사사코씨에게 친근감이 생겨 안부를 묻고 싶어졌다.

"사사코씨, 잘 지내고 계신가요?"

삼십 대 전반에 걸쳐 가장 사이가 안 좋았던 상대가 떠오른다.
바로 '나' 자신! 그래서 사사코씨에게 묘한 호감이 발동한다.

어른이 되지 않아

스스로를 괴롭히는 사디스트와 습관적으로 받아들이는 마조히스트가
한 몸에 공존이라도 하듯이 나 자신을 다그쳤던 시간들.

이상한 1인극에서 조금 멀어질 수 있었던 것은 더 이상 그런 소모적
인 에너지를 쏟을 힘이 없어졌기 때문이다.
누군가를 지속적으로 괴롭히는 데는 그만한 여력이 필요하다.
남을 미워하는 것도 힘든데, 그 대상이 내가 되면 오죽 할까?
만약 누군가 1인 2역을 도맡아 하는 내면의 상황극을 멈추지 않고
습관적으로 자신을 괴롭힌다면,
평안한 마음을 얻고 싶은 열망을 다해 엉킨 매듭을 풀기를…….

네버랜드

그게 자랑이냐고 뭐라 할 것만 같아 어디 가서 묻지 못했지만,
존경하는 어른께 어렵게 여쭤봤다.

"나이를 먹어도 어른이 되는 것 같지 않아요."

"…나도 그런데"라는 뜻밖의 답이 돌아왔다.

어른의 말씀을 들으니 왠지 안심이 되었다.
갑자기 휙~ 하고 네버랜드에 안착하는 느낌이랄까?
내가 생각하는 진짜 어른도 고뇌하는 피터팬이셨다니!

어른이 되지 않아

모던타임즈

분기별로 들르는 드넓은 창고형 매장을
이 가구 저 가구 고르며 돌아다니다 계산대에 다다르니
피곤이 몰려왔다.

집에 가서 조립할 생각에 살짝 걱정이 들긴 하지만
이만하면 경제적이고 즐거운 쇼핑이었다.
그저 빨리 계산을 하고 집에 가고 싶을 뿐이다.

그런데 계산대 시스템이 개장 초기와 달라졌다.
계산원이 있는 줄이 긴 계산대는 혼잡하니
무인 셀프 계산대로 가라는 안내를 받았다.
처음엔 무인 계산대가 신기하기도 하고,
이런 시스템에 적응하지 못하면 시대의 변화에
뒤처진 것처럼 보일까봐
배우는 자세로 끝까지 해내겠다는 의지를 발휘해 보았지만…

그렇게 몇 번 해보고 나니 갑자기 날 선 생각이 자라났다.
무인 계산대로 바뀐 '프로슈머'라는 최신시스템은
계산원의 인원 감축을 불러일으켰으며
소비자에겐 불친절하고 번거롭기 그지없는 시스템일 뿐.
그렇다면 셀프 계산은 과연 누구를 위한 것인가?

개장 초기보다 가격을 낮춘 것도 아니고 매출이 떨어진 것도 아닌데

호황을 누리는 해외 브랜드 업체로서 현지 인원 감축이 그리도 중요
한지…
갑자기 단골 매장에 대한 호감이 한숨 식었다.

노동자도 소비자도 모두 계산된 이윤 구조 속 숫자로 취급당하면서
'최신의 것, 빠른 것'이라는 라벨을 붙여놓고 그대로 따르라고 하는
것 같아 심히 유감스러운 마음이 든다.

이것이 나만의 유별난 느낌이라면 이 시스템은 아마 정착될 것이다.
하지만 사람을 위한 편의가 사라지고 있다는 걸 느끼는 사람이 나뿐일까?
최신을 가장한 더 모던한 시대가 와도
덮어놓고 따라할 일은 아니라는 생각이 든다.

그저 그 사람답게

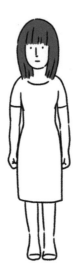

어려서부터

여자답다는 말을 종종 들었다.

왜 내가 여자답다는 걸까?

내가?

당시로선 왠지 칭찬으로 들렸던 그 말에 고무되어
더 여자다워지는 것으로 나의 매력을
어필할 수 있지 않을까 싶었다.

어른이 되지 않아

하지만 내 멋대로 해석한 칭찬이란 왕관은
그만큼의 무게와 거추장스러움을
견뎌야 하는 굴레가 되었다.

수줍음, 다소곳함, 차분함이 여성적이라는 말로 규정되었다면
나에게 내재된 그와 다른 활발함, 과감성, 터프함 등의
여러 성향들이 결국 '여성성'이라는 옷으로 가려진 것이다.

'여자답다, 남자답다'란 기준에서 자유롭지 못한 사람들은
한 가지 기준에 맞춰 타인을 정의하고 고치고 싶어한다.

성별에 따른 획일적인 기준이 아닌

'그저 그 사람답다'로 편안하게 인정해주기.

그것이 '-답게'란 수식어가 가장 편하게 어울리는 방법이 아닐까?

어른이 되지 않아

시간을 달리고 싶은 아이,
시간을 멈추고 싶은 어른

초등학교 4학년, 그러니까 11살까지
한 번도 혼자서 동네를 벗어나 멀리 나가 본 적이 없었다.
가을 햇살 반짝이던 어느 날, 같은 반 친구가 둘이 서울을 가보자는
제안을 했다.
서울 근교의 동네에서 처음으로 보호자 없이 같은 또래 친구와
버스를 타고 떠나는 길.
다소 머뭇거리는 나를 보고 친구는 피식 웃으며 별거 아니라는 듯,
"괜찮아, 잘 갔다 올 수 있어"라고 말하며 가볍게 나를 안심시켰다.

난생처음 그렇게 친구와 둘이 서울로 잠행을 다녀왔다.
갔다 오는 동안 무사히 돌아올 수 있을까 내심 걱정을 했지만
친구의 말처럼 해도 지기 전에 안전히 돌아 오니 근사한 모험을
끝낸 기분이었다.

나를 이끌던 또 다른 친구들도 하나 둘 떠오르는데
어수룩했던 나와 달리 용감했던 친구들에 대한 기억이 새롭다.
내 작은 일탈을 도왔던 일이 어른스러운 것이라 말할 순 없겠지만,
유독 나이보다 빨리 성숙해지는 사람이 분명 있는 듯하다.

그렇게 조숙했던 친구들은 지금,
흘러가는 시간 앞에서 의연하게 살고 있을까?

어른이 되지 않아

시간을 달려서라도 빨리 어른이 되고 싶었던 나는 이제 서서히 나이 듦을 걱정하며 살고 있다. 이제야 미래에 노인이 된 나의 모습이 눈에 들어온 것이다. 반짝이는 것들에 관심이 가기보다 남편을 부축하며 병원에서 나와 운전을 하고 가는 할머니가 눈에 들어오고, 천천히 산보 나온 동네 어르신이 보이기 시작했다. 아마도 내가 나이를 먹지 않고 살 수 있다면, 주변의 노인들이 지는 낙엽보다 눈에 들어오지 않았을지도 모른다.

관심을 가지니 세월을 버텨낸 그 굳건한 생명의 힘에 경외심마저 느끼게 된다. '백세시대'를 내다보는 세상이라지만 막상 노인이 되는 것도 대단히 어려운 일이구나 싶은 것이다.

어렸을 땐 정작 어른이 되어서 어떻게 나이 듦에 순응하며 살아가야 할까 고민하는 때를 맞이하게 될 줄 상상조차 하지 못했다.

이런 게 인생일까?

어른이 되지 않아

칼날 던지기 게임

이번에 실수하면 어떻게 될까?
내 미래를 죽이고 살리는 것 같은 각종 시험과 관문들 앞에서
얼마나 노심초사 했던가.

대학입시를 앞두거나 취업시험을 준비할 때의
떨리는 순간들을 다시 떠올려 보면,
한 번의 실수가 끝인 것처럼 입이 바싹 마르고 무섭게 초조했다.
미래를 걸고 나 자신에게 칼을 던지는 모험을 하는 느낌이었다.

지나온 시간을 되돌아보니
목숨을 걸듯 나를 향해 던졌던 것은
내 인생을 끝장낼 만큼 예리한 칼이 아니었음을 알게 되었다.

비록 인in서울 하지 못해 지방 대학을 나왔어도
처음부터 남들이 다 아는 대기업에 다니지 못했어도
돌고 돌아서 좋은 회사에 다녀 볼 기회도 있었고,

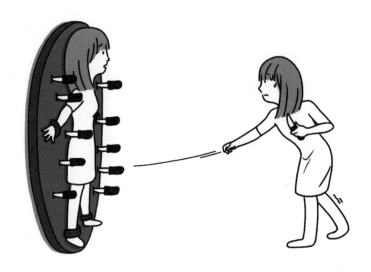

각티슈 한통을 다 뽑아 울며불며 난리를 쳤던 연애통을 겪고도
살아 남아 좋아하는 사람과 사랑하며 살고 있다.

몇 번의 실수가 결코 인생을 초토화 시키지 않으며,
오히려 전화위복이 되어서 새로운 기회로 발전하는 것이
인생의 묘미라고 말해주고 싶다.

지금도 가끔 나를 담보로 모험을 하는 기분을 느끼곤 한다.
이번에 돌아온 기회가 마지막일 것 같은 느낌,
사기라도 당할까봐 크고 작은 계약서 한 장에

어른이 되지 않아

바들바들 떨어야 하는 순간,
갑자기 어딘가 아프면 큰 병이 아닐까 싶어 불안한 순간 등등…

하지만 이런 갖가지 떨리는 순간에도
내게 날아오는 건 아마 날카로운 칼날이 아니라
맞아도 죽지 않을 정도의
좀 딱딱한 고무공일 확률이 높다고 생각하며
예전처럼 떨지 않으려 애를 쓰곤 한다.

어른이 되지 않아

예민한 사람들

사과나 배는 특별한 선물용이 아니라면
한 봉지에 한가득 담아 둘 수 있지만
부드럽고 연약한 복숭아는 하나씩 보호용 캡으로 잘 싸서
작은 상자에 조심스럽게 담아야 상하지 않는다고 한다.

복숭아과 사람들은 어떻게 스스로를 보호해야 할까?

누구나 상처를 받지만

유달리 민감한 복숭아 같은 사람들을 위한

보호캡이 있다면 좋을 텐데……

어른이 되지 않아

불면의 밤

전 국민이 커피를 논하는 세상에서
'저 커피 못 마셔요'라는 커밍아웃은
별로 재미없는 농담처럼 푸대접을 받기 일쑤다.

"왜 못 마셔요?"
"커피 마시면 잠을 못자서요."

그래도 사람들을 만나면 분위기 좋고 커피 맛 좋기로 유명한 카페를
가기 마련이고… 신맛이 감도는 드립커피를 나도 모르게
거의 다 마시고 온 날, 새벽녘까지 한숨도 못 잤다.

시계를 보고 또 보고, 떠오르는 별의별 생각들과 씨름하고,
화장실을 들락거리고, 긴긴밤을 뒤척이다 날을 꼬박 샜다.

그리고 다음날까지 수면 부족에 시달린 후 결심했다.

다시는 분위기에 휩쓸려 커피를 마시지 말아야지.

세 개의 의자

'내 집에는 세 개의 의자가 있다.
하나는 고독을 위한 것이고, 둘은 우정을 위한 것이며, 셋은 사교를
위한 것이다'.

_헨리 데이비드 소로우, ≪월든≫ 중에서

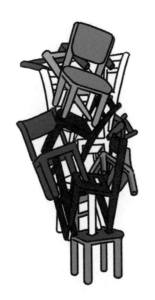 

작가 소로우가 선택했던 미니멀한 삶과 인간관계에 대한 생각이 엿
보이는 문장이다.

진정한 우정을 담는 친구는 하나 이상이기 어렵고,
셋부터는 그의 말처럼 사교적 행위가 되는 것 같다.

스마트폰에 빼곡히 차 있는 연락처 속 이름들을 보면
감당 못할 정도로 쌓여 있는 나의 의자들 같단 생각을 든다.

이 많은 사람들 중에서 우정을 나눌 수 있는 의자에 앉을 사람은 누
구일까?

나는 누군가의 '우정의 의자'에 앉아 그 자리를 채운 적이 있었던가?
셋도 버거운 내 공간의 빈 의자들을 돌아보면서 쓸쓸함을 느끼지만
감당하지 못할 관계를 치워 내고, 이제는 단출하고 홀가분한 마음을
유지하고 싶다.

위로는 어렵다

살면서 참 애매하고 자신 없는 것이 둘 있다.
바로 선물 고르기와 위로.

누군가에게 필요하고 딱 맞는 것을 골라야 하는데
그것이 상대방에게 적절한 것인지
알아낼 방법이 없어 늘 자신이 없는 것이다.

선물 받을 사람의 취향에 맞는 물건인지, 그리고 부담스럽지 않은
선물을 고른다는 것이 어려워 고민하다가 '차라리 돈으로 줄까?' 하
는 엉뚱한 결론을 내기도 한다.

세상 사람이 다 내 마음과 같다면 '내가 좋은 것은 남도 좋겠지!' 하
며 고를 수 있겠지만, 세세한 취향까지 같을 수가 있을까?

좋은 마음으로 선물을 건네는 것도 쉽지 않다니,
선택의 어려움이 내 센스의 한계 같아

마음을 담백하게 전하는 일처럼 어려운 일도 없다는 생각이 든다.

'마음을 전한다는 것'

명절용 선물세트 광고 카피의 한 구절 같지만, 보이지 않는 마음을
구체화한다는 것도 큰 재주인 듯하다. 쉽게 포장지에 둘둘 말아 전

할 수 있는 것이 위로가 아니라는 것을 시간이 지날수록 깊게 느끼게 되니 말이다.

나는 진심으로 그 사람의 아픔과 처지를 이해하고 따뜻한 말을 전할 수 있을까? 같은 양의 아픈 느낌을 갖지 못한다면 그 위로의 무게도 그만큼 작아질 수밖에 없으리라 생각한다.

아무리 경험 많은 어른이라 해도 세상의 모든 아픔을 공유할 수 없으니, 경험에 비추어 건네는 위로가 훈수가 되거나 질타로 변할 수 있음도 경계해야 한다.

자신의 마음을 살피는 일부터 남의 마음을 읽는 것까지…
누군가의 인생에 조언하고 위로하기란 세상 가장 어려운 일일 텐데,
마치 정답 머신처럼 세상 모든 어려움에 답을 건네는 사람이 있다면
그것은 이목을 끌려는 상술에 지나지 않아 보인다.

위로를 하려는 마음을 이해하기가 위로를 건네는 것만큼 쉽지 않은 일이라는 걸 어른이 되어가는 길목에서 알게 되었다.

쓰레기 분리수거

라면 봉지 하나도 소중하게 오랫동안 보관하면 시대를 보여주는 증거가 될 수 있지만 이것들은 모두 재활용 쓰레기통으로 사라진다.

세상 모든 것이 마음에서 시들면 쓰레기가 되어 버리는 건 아닐까?

쓸모없는 취급을 받으면서 분리수거통으로
향하는 멀쩡했던 물건들을 보면서
뜬금없이 내가 이 분리수거의 기준으로 버려지면
어떤 분류에 속할지 궁금해졌다.

나는 재활용 가능한 정도로 분류될 수 인간일까?

매주 엄청난 쓰레기를 만들어 내고 있는 장본인으로서
이제야 그것들과 내가 얼마나 많이 다른가에 대해 처음으로 생각해
보았다.

어른이 되지 않아

쓰리 시스터즈

'현재의 나'는 항상 '과거의 나'와 '미래의 나'와 붙어 다닌다.

5년 전의 나와 오늘의 나, 5년 후의 나를 시간의 파노라마처럼 나란히 사진을 찍으면 '세 자매' 같다고 할지 모르겠다.

눈 깜박할 사이에 현재가 과거로, 그리고 미래로 스치는 순간의 연속 속에 어제와 내일은 늘 하나의 연장선 위에 있다.

어른이 되지 않아

하지만 과거와 미래라는 시간에 끼인 찰나의 순간을 '현재의 나'라고 콕 집어 말할 수 있을까?

어느 정도 멀리 구분하여 지금 언저리의 나를 현재라고 부른다고 해도 '현재의 나'는 늘 희미하다. 과거의 실수에 사로잡혀 현재를 후회하고, 또 어떻게 펼쳐질지 모르는 미래의 불안감으로 '현재의 나'는 늘 버겁다.

과거에 대한 후회와 미래에 대한 불안을 이제 좀 떨쳐내고 현재의 나를 즐겨보자!

어른도 자격이 필요할까

어른은 '다 자라서 자기 일을 책임질 수 있는 사람'
또는 '일정한 자격이나 품격을 갖춘 이'라고 하는데…
이런 사전적 해석도 어른을 규명하기엔 부족하고 애매하게만 느껴
진다.

그런데 이런 애매함을 한 번에 가늠할 방법이 있다면?
소금물에 넣어 바닥으로 가라앉는 신선한 것과
수면 위로 떠버리는 안 좋은 것을 구분하여 신선도를 알아보는
달걀처럼 겉보기에 애매한 어른의 상태를 테스트할 수 있는
방법이 있다면 어떻게 될까?

속 빈 가짜 어른은 떠오르고,
묵직한 진짜 어른은 가라앉는 것으로
확연히 가늠할 수 있다면…
아마 이 세상에 '어른'이라고 불리는 대부분의 성인들이
무더기로 떠오르지 않을까?

'성인'이라는 말과 다른 기대와 책임이 담겨 있는 '어른'이라는 말.
사회가 바라는 어른의 함량을 채워 나가려면 난 아직 갈 길이 멀어
보인다.

달걀처럼 톡 까놓고 보지 않는 한
제대로 된 어른인지 가늠할 뚜렷한 방법은 없으니 오히려 다행인건
가?
어쩌다 서로 어른스럽지 못하다는 말을 주고받을 때
그런 판단을 할 자격을 갖춘 사람은 또 누구일까.

결론이 나지 않는 의문이 꼬리를 물고 떠오른다.

어른이 되지 않아

어른이 되지 않아

의기양양한 젊음을 내어 줄 테니 다시 그 시절로 되돌아가라 한들, 그 혼돈과 미숙의 시절로 되돌아가지 않겠다고 한 수필가의 글을 읽은 적이 있다.

작가는 중년이 되어 얻은 삶의 깊이를 청춘의 시간과 바꾸지 않겠다고 단언한 것이다.

'아 그렇구나. 그 나이에 들어서면 무언가 지금과 다른 연륜의 세상이 펼쳐지는 거구나.' 20대의 나는 그녀의 확언에 막연한 동경을 느끼고 살다 보면 나에게도 그런 연륜이 생길지 궁금해 하며 그 글을 기억하고 있었다.

시간은 흘러 40대가 되고 보니, 과연 그 말이 영 틀린 말이 아니었다는 생각이 든다. 주민등록증을 만들고, 대학교에 들어가면서 '드디어 더 이상 애 취급받는 나이가 아니다!'라는 뿌듯함을 느꼈으며, 결혼을 하고 나서 '난 어른이잖아' 하다가, 삼십 고개를 넘으면서 '서서히 나이 드는 일만 남은 건가'싶어 초조해지기까지 했었는데 이제야

확실히 '어른의 근처에 접어들었구나!'라고 실감하게 된다.
하지만 이런 안정감 또한 완전한 형태가 아니란 것을 느끼게 되는
데, 몸과 정신이 성숙해져가는 과정 중에도 불쑥 미숙하고 어설픈
내가 튀어나오기 때문이다.

'이제야 어른이 된 것 같았는데, 아니었나?'

누군가는 "성공했다가 실패도 하고, 왔다 갔다 하다 보면 언젠가 어
른이 돼요"라고 하거나, 다른 누군가는 "그렇게 어른이 되는 게 중
요한가요?" 하고 되묻기도 하겠지만 삶의 완성이란 것이 진짜로 있

어른이 되지 않아

는지 궁금하다.

끝을 알 수 없는 길 위에서 어른을 찾고 있던 나는 아무래도
'어른이 되지 않아' 라고 중얼거리고 말게 되는데,
살다 보면 언젠가 또 다른 답을 찾을 수 있을까?

오늘도 악보 위에 어떤 음을 강하게 어떤 음을 약하게 연주하게 할지 고민하다가 템포를 잊어버린 서툰 음악가가 된 기분이다.

'아, 나는 아무래도….'
'이번 생엔 아닌가….'

어른이 되지 않아

열정과 냉정 사이

뜨거운 열정과 차가운 이성은 늘 함께 있어야 진가가 발휘된다는데…

내 열정의 여신은 너무 드세서

차가운 이성의 여신을 늘 무릎 꿇게 만든다.

그래서 열정이 나설 땐 이성이 약해지니 그것이 문제로다.

어른이 되지 않아

일의 우선순위

일의 우선순위를 정하는 것이 일의 시작이 되고,
깔끔하게 마무리를 지을 수 있는 비결이라고 한다.

나 같은 경우, 중요도에 따라 일을 분류하는 것까지는 순조롭지만
오히려 가장 중요한 일을 나중으로 미루는 것이 문제다.

분류하고 처리되는 시스템이 척척 돌아가면 편하고 좋을텐데…
왜 중요한 일이 가장 손에 안 잡히는 건지.
자질구레한 일을 먼저 처리하다 보면
꼭 하루의 맨 끝자락에 중요한 일을 붙잡고 사투를 벌이게 된다.

어른이 되지 않아

욜로졸업

돌연 허리띠를 꽉 졸라매고 가계 긴축의 시간으로 돌입했다.

얼마 전까지 우리는 내 집 장만할 때 얻은 은행대출쯤은
남들도 다 있는 기본 옵션같은 것이라 여기고,

특별한 저축 없이 편한 마음으로 살았지만
이제 생각을 바꾼 것이다.

크게 미래를 걱정하지 않고, 현재를 낙관하고 지내왔던 삶이
요즘 유행하는 욜로YOLO(You Only Live Once, 인생은 한 번뿐이다)
가 아니었을까. 하지만 40대의 길목에서 슬슬 생겨나는 흰머리와 함
께 나름 누려왔던 YOLO의 삶을 정리할 때가 왔다는 걸 절감했다.

놀면 바로 반백수가 되는 프리랜서로서, 남편의 직장만 바라보는 지금의 삶에서 경제적 변수가 생기지 않는다는 보장이 없다. '이제 회사생활도 이삼년 남은 것 같다'는 주변인들의 퇴직도 피부로 와 닿는다.

마음을 독하게 먹고 긴축모드로 돌아선 후, 이제 기본 생활비를 제외한 모든 수입을 은행 대출을 갚는 것에 올인하고 있다.

아마 지나온 YOLO의 생활을 추억하며 대출통장에서 대출 원금이 줄어드는 걸 보는 것이 40대 후반의 소소한 낙이 되지 않을까.

고작 아파트 대출금 갚는 게 목표가 된 것이 부끄러운 고백일 수도 있겠지만, 이번 목표를 달성하고 나면 다시 허리띠를 풀고 남은 인생을 후회 없이 즐기겠다는 마음이 들지, 아니면 알뜰히 노후를 걱정하며 긴축 정책을 고수할지 나도 궁금해진다.

02
—
어른이라 더 힘든 일들

SNS 권력

한 회사원이 해외로 휴가 여행을 떠났다.

모처럼 즐긴 휴식은 정말 달콤했고,

휴가의 마지막 날, 노을이 지는 멋진 해변사진과 함께

어른이 되지 않아

'정말 돌아가고 싶지 않아'라는 짧은 글을 자신의 SNS에 올렸다.

일상에 지쳐 떠난 휴가지에서 달콤한 짧은 여행을 마치고, 다시 제자리로 돌아가야 한다고 생각하면 누구나 그처럼 아쉬운 마음이 들 것이다.

특별할 것 없는 SNS 속 휴가지 자랑으로 끝날 수도 있었을 이 짧은 멘트는 그가 돌아 온 후 큰 일로 번지고 말았다. 회사의 오너가 다시 '돌아가고 싶지 않다'는 그 직원의 SNS 글을 보고 크게 격노한 것이다.

오너는 그렇게 돌아오고 싶지 않은 곳에 왜 돌아왔냐며 화를 냈고, 말 한마디로 오너에게 단단히 찍히고 만 직원은 남은 계약기간만을 채우고 그 회사를 나오게 되었다.

한마디로 '사장님이 지켜보고 있다'라는 오싹한 글귀가 현실이 된 것이다. 공부하는 아이에게 '엄마가 항상 지켜보고 있다'와 비슷한 개념일까?

회사의 오너 입장에서 보면, 직원에게 섭섭한 마음이 폭발한 것인지도 모른다.
직원들과 회사에 쏟은 자신의 애정에 대하여 직원이 단번에 회사를 다시 돌아오고 싶지 않은 곳으로 만들어 버렸다고 해석한 듯하다.
오너는 직원에게 일종의 배신감을 느끼고 분노를 쏟아낸 것이다.

하지만 아무리 이해해보려고 노력해도 직원에게 일의 영역이 아닌 SNS에서까지 충성스러운 마음을 얻겠다는 오너의 욕심이 폭력처럼 느껴진다.

SNS는 사적인 영역일까? 분명 사적인 영역까지도 서슴없이 내보이는 곳은 맞지만 노출되는 순간 그 어느 곳보다 넓은 영역으로 오픈되는 공간이다.

어른이 되지 않아

자신의 사적인 이야기를 자유롭게 기록하는 공개 일기장치고는 타인에게 간섭을 받거나 지켜보는 시선의 불편함을 의식한 후 SNS 활동을 과감히 접는 사람이 늘어났다.

젊은 층과 학생의 경우는 비교적 이런 부담에서 자유로울 수있겠지만 직장인들의 경우 불리한 입장에 놓일 가능성이 있어서 게시물을 남길 때 조심하는 경향이 있다. 법적으로도 SNS가 완벽히 사적인 영역으로만 규정되지 않는다는 판례가 있다고 한다.

자유로운 표현 욕구를 분출하고 글로벌한 소통의 영역이 되기도 하는 양면의 명암이 공존하는 SNS에서도 작은 권력의 상하관계는 존재하고, 곳곳에 주의가 요청되는 룰도 생겨난다.

어려서부터 핸드폰을 놓지 않고 사는 요즘 세대와는 다른 나에게 SNS라는 공간에서 고민해봐야 하는 문제가 계속 생긴다. 어쩐지 구더기 무서워 장 못 담그는 어정쩡한 어른이 되지 않을까 걱정이 앞선다.

꿀맛휴일

꿀맛 같은 휴일이 시작되었다.

쉬고,

놀고,

어른이 되지 않아

뒹굴고,

듣고,

보고,

먹고,

자고,

떠들고,

웃고,

돌아다니고…

그러는 동안 하루 이틀 사흘

꿀맛 같은 시간은 흘러…

아쉬움이 남는 휴가의 마지막 날도 가고,

모처럼 휴일답게 쉬어 본 꿀맛 같은 휴일이 끝났다.

어른이 되지 않아

꺾여봐야 아는 것들

나름 집에선 귀한 자식이지만
밖에 나오면 세상에 치이고 꺾인다.
더럽고 치사해도 남에게 굽혀도 보고 꺾여도 보고
이런 게 산전수전이란 걸 몸으로 느끼며…
이제야 밥벌이 하는 어른이 되는 걸까 싶다가도
남의 허리 나가는 줄 모르고
계속 눌러대도 되는 줄 아는 큰손들에게 누가
'그러는 거 아니다…'라고 말해주고
그들을 좀 말려 주면 좋겠다.

어른이 되지 않아

무난한 내가 좋다

어른이 되지 않아

예전엔 남들보다 돋보이고 싶었지만,
요즘은 남들과 섞여 있어도 무난해 보이는 것이 좋다.

어릴 땐, 자기 자신을 드러내 놓고 싶은 욕구와 적당히 보편적으로
살고 싶은 마음이 상충했다면 이제 '무난함'쪽으로 무게가 더 기울어
진 듯하다.

마음과 마음이 만나면

몇 년 동안 웹이나 잡지 지면에 글과 그림을 올리면서
따뜻한 격려의 말들을 많이 받아왔다.
내 부족한 글과 그림에 공감해 준 많은 사람들.
시간이 지날수록 사람들의 마음에 대해 크게 감사함을 느낀다.

어른이 되지 않아

나 또한 여러 곳에서 마주치는 글을 읽으며 감탄하고,
위로받고, 용기를 얻는다.
글과 글을 대하는 마음이 만나면,
그 마주하는 마음이 글보다 더 간절해지는 것 같다.
서로 용기를 얻을 간절한 한마디가 그리웠는지 모른다.
그래서 때로 글보다 받아들이는 그 마음이 더 애절하고,
순수하며, 아름답다.

사랑이라는 모험

사랑이라는 감정에 실려 둘만의 행성으로 떠나는 편도 여행,
'연애'라는 모험패키지가 있다.

언제까지나 꿀이 떨어지는 둘만의 허니문에서
헤어 나오지 않아도 누가 뭐라고 하지 않는 행성.

사랑에 빠진 모든 사람들이 뒤를 돌아보지 않고 떠나는 이 여행은
설렘과 기대, 열망과 두려움이라는 연료를 가득 싣고
열정이라는 기폭제로 날아오르는 도정이다.

불확실한 편도에 오르면서도 서슴없이 빠져드는 사람들이 더 순수
하고 아름다워 보인다. 때론 무모하고 바보 같아 보여도, 한편으론
그런 용기가 대단해 보인다.

무기도 없이 무모하게

어른이 되지 않아

밖에 나가면 부딪혀야 할 상대의 실력이 얼마나 어마어마한지 쉽게
의기소침해진다.

실력자들을 상대로 싸우기엔 내가 가진 칼이 너무 초라해,
전의를 상실하고 빨리 포기를 해버릴 때도 있다.

그렇게 자포자기했을 때 칼을 든 나를 상대로 겁 없이 맨주먹으로
달려드는 상대가 나타났다.

볼품없는 무기라도 갖고 있던 나는 왜 맨몸으로 싸워 볼 생각조차
하지 않았을까?

무섭게 달려드는 저돌적인 상대를 보면서
내가 쉽게 놓아 버린 '패기와 도전'이란 단어가 뼈저리게 다가왔다.

어른이 되지 않아

외딴섬 같은 사람들

얼마 전 50대 교사가 스스로 목숨을 끊은 일이 기사화 되었다.
자살의 원인은 다름 아닌 직장 내 왕따 문제.

가해자인 동료 교사는 '그 나이 먹고…'라는 폭언으로 말문이 막히게
했다고 하는데 '그 나이에'라는 소리를 들을까 봐 어디에 하소연하기
도 쉽지 않았을 그의 마음을 미루어 생각하면 참담한 기분이 든다.

남을 사지로 몰아 넣는 사람들은 막상 자신의 나잇값은 생각하지 않
고 도리어 약자가 된 어른을 꾸짖는다. 이런 우울한 기사 뒤에 이러
지도 저러지도 못해 고민하는 사람들이 얼마나 더 있는 걸까?

우리는 '어른이니까' 견뎌 내야 하는 것들이 있다고 믿는다. 어른 소
리를 듣는 순간 그만큼의 무게와 외로움이 공존한다고 생각하고 참
아내는 것이다. 이런 이야기를 접하다 보면, 혹시 나도 모르게 누군
가에게 고립감을 준 행동을 한 적이 없는지 되돌아보게 된다.

일할 때 일적인 문제보다 인간관계 때문에 힘들었던 적이 많았다.
모두가 모난 돌처럼 서로에게 깊은 절망을 줄 수 있는 존재임을 깨
달았다. 서로 이렇게 저렇게 부딪히다 보면 둥글둥글해지지 않겠냐
고 생각할 수도 있겠지만, 억세고 모난 돌은 항상 각을 세우고 만만
한 돌을 골라 박살내고 다닌다. 그런 사람들은 솔직히 피해다니고
싶다.

어른이 되지 않아

안 그래도 힘든 세상에 우린 왜 서로를 괴롭히지 못해 안달난 것처럼 행동하는 걸까? 때론 누군가에게 더 없이 좋은 사람이었다가 또 다른 누군가에겐 더 없이 잔인한 사람이 되기도 하는 그 이면이 무섭게 느껴진다.

어른이 되지 않아

수련의 힘

온화한 미소에 기품 있는 노 작가 타샤 튜더는
인생을 살면서 저지른 온갖 실수들이 떠오를 때면
얼른 그런 불쾌한 생각들을 지워주는 수련을 떠올린다고 한다.

그렇게 고운 미소를 간직한 분의 인생 회한.
그녀의 차분한 고백이 내겐 위안으로 다가왔다.

하늘을 우러러 한 점 부끄러움 없이 살기를 바랐지만
갖가지 실수에 고개를 숙이게 되는
어른이란 사람들.

아마도 나이 듦의 미덕은
실수에서 얻는 관용의 힘이 아닐까 한다.

끝까지 티끌 하나 없이 순수하고 아름다운 삶에선
다른 이에게 있는 한 점의 오점도

용납될 수 없지 않을까?

사람은 겪은 만큼 알고 이해하기 마련이니
시간이 갈수록 남의 실수를 쉽게 비웃을 수 없음을 깨닫게 된다.

젊음이 빠져나가는 자리에 이해의 폭이 더해진다면
타샤 튜더처럼 주름진 얼굴에
온화한 미소를 가진 고운 어른이 될 수 있을까?

어른이 되지 않아

아직도 그녀의 영혼은 아름다운 농장 어귀에서
드넓은 자연을 돌보고 있으리라…

나도 부정적인 생각이 떠오를 때마다 그녀의 평온 비법을 따라
어지러운 물속에서도 피어난 강하고 단아한 수련을 떠올려 본다.

슬로우 푸드

저녁 반찬거리를 사러 동네 마트에 나갔더니
잎이 무성한 고구마 줄기가 다발로 나와 있었다.
데쳐놓은 손질된 상품에 비해 직접 까면 양도 많고 더 신선할 것
같아서 얼른 집어 들고 와서 껍질을 벗기기 시작했다.
이 작업… 생각보다 훨씬 힘들었다.
삼분의 이 정도 껍질을 벗기는 것만도
2시간이 넘게 걸리는 고난도 작업이 되어버린 것이다!

어른이 되지 않아

직접 해보니 시중에 파는 고구마 줄기를 진짜 사람들이 까서 납품하는 것이 가능한 것인지 의심이 들 정도다.
풍성한 한 줄기를 다 정리하고 나니 그리 많지 않은 양이 남았다.
손질된 한 팩의 값이 비싼 것이 아니라는 것을 실감하는 순간이었다.

쉽게 얻은 재료가 아니기에 그 어느 때보다 신중하게 다진 마늘과 소금으로 간을 해 볶아, 살짝 참기름으로 마무리!
정성을 다해 조리했더니 진짜 맛있는 반찬이 되었다.
요리한 시간을 보니, 괜한 일을 벌였나 싶기도 했지만 반찬 하나를 하는 과정에서 많은 교훈을 얻었다.

빠르게 돌아가는 세상에서 우리가 알던 반찬들도 이제는 절대 평범하지 않다. 1인 가구가 늘어나고, 미니멀리즘이 유행하는 요즘에 슬로우 푸드에 대한 기억도 점점 희미해져간다.

주위에 김치를 직접 담가 먹는 집이 드물어지는 일과
날로 진화하는 간편식품 코너를 보면
모든 것이 공장식 패스트푸드로 변할 날이 머지않은 것 같다.

어른이 되지 않아

맨땅에 헤딩

내리 꽂는 모든 것을 쿠션처럼 포용하는 물이 있기에
날렵하게 날듯이 물속으로 떨어질 수 있지만,

때로는 모든 걸 받아주는 물과 같은 호의는 없고
오직 살벌한 '악의'만 가득한 곳에
떨어져야 하는 것 같은 심정이 들 때가 있다.

오늘 거듭난 패션피플

대학 시절 친구들과 찍은 사진들을 한참 동안 한 장 한 장 들여다보
니 그 시절의 촌스러움에 옅은 미소가 흘러 나왔다. 그중 눈에 띄게
촌스럽지 않은 한 친구에게 시선이 갔는데, 당시에는 유행에 무관심
하기로 유명했던 친구여서 신선한 충격을 받았다.

유행에는 눈곱만큼의 관심도 없는 듯 매일 단조로운 스타일의 옷만 고집하던 친구가 이제 보니 세월이 흘러도 가장 세련되어 보이는 심플한 매력을 뿜어내고 있다니!

이 사진 한 장으로 내 패션 철학에도 작은 변화가 생겼다.
바로 '유행 무용지론'.

지름신이 강림하면 하루 종일 발이 부르트도록 돌아다니며
쇼핑의 열정을 불살랐건만, 그런 노력에도 불구하고
옛날 사진 속 그녀보다 촌스러운 모습으로 남아 있지 않은가!

유행이란 것을 따르고 싶지 않지만, 그렇다고 완전히 무시하고 살수도 없다.
모두가 나팔바지를 입을 때 폭이 좁은 바지는 왜 그리 어설퍼 보이는지. 모두가 스키니진을 입을 때 나만 나팔바지를 꺼내 입을 용기도 없었다.

하지만 요즘은 유행보다 각자의 개성을 중요하게 생각하는 '자기 주도의 시대'이다. 패션과 모든 주제에 있어 자신의 취향을 중시하는 시대인 것 같다. 과감히 자신이 선호하는 옷을 입는 사람들이 많아졌고, 유행을 따르는 행위가 무시당하는 풍조이다.

남의 시선에서 자유로워지고 싶은 우리 모두의 소망.

무심한 듯 시크하게 꾸미고 싶은 우리 모두의 패션 철학.
누구보다 앞서 꿋꿋하게 자신만의 패션을 고수했던 그 친구가 생각
나는 날이다.

자신감 붕괴

어떤 일에 대해 자신감이 없으면 남들의 시선이나 기대에 대한 압박
감이 더 크게 느껴져 의식이 마비되기 쉽다.

실패에 대한 걱정이 없다면 무슨 일을 하든 그리 긴장할 일은 없을
것 같다. 살면서 항상 칭찬만 받으며 잘하는 일만 하고 살 수는 없겠
지만 굳이 잘 하지도 못하고 하고 싶지도 않은 일을 하며 불필요한
압박을 받고 자신감을 잃어버리는 경우는 되도록 줄여야 하지 않을
까?

잘하는 영역을 찾아 자신감을 찾기도 시간이 모자랄 판에
쓸데없이 에너지를 소비하며 낙담하고 상처 받을 필요가 있을까?

어른이 되지 않아

책에 빠지다

잘 읽히지 않아서
색이 바랄 정도로 책장에 꽂아만 두었던 책을 다시 펼쳐 보니,
다시 덮을 수 없을 정도로, 재미가 있었다.

명작의 재발견에 놀라며
사람이며 책이며
함부로 '이건 아니다. 저 사람은 별로다'란 결론을 내고
제쳐 둘 일이 아니란 생각이 든다.

처신의 무게

소신과 고집 사이,
오지랖과 관심 사이,
애정과 무관심 사이.

이 둘 사이에는 큰 차이가 없어 보이지만,
미묘하게 중심을 잡기가 쉽지 않고 이상하게
한쪽으로 기울어지기 쉽다. 처신만 잘해도 중간은 갈 텐데…

어른이 되어도 가장 어려운 것이 현명하게 '처신'하는 일 같다.

카우치 포테이토

비가 오락가락 내리는 모처럼의 휴일, 한번 소파에 누웠더니…
끈끈이라도 붙여 놓은 것처럼 일어나지지 않는다.

어른이 되지 않아

푸르름의 한계

초록 잎사귀가 예쁜 화분을 집에 들이고 애정을 쏟았었는데 어느샌가 물주는 걸 잊곤 한다.
미안한 마음에 허둥지둥 물을 흠뻑 주고 나면, 축 쳐져 있던 식물이 다시 물을 머금고 싱싱하게 살아났다.

이런 과정을 몇 번 반복하고 나니 잎이 좀 쳐져 있어도 죽지는 않겠거니 했었는데…
그렇게 습관적으로 무심히 지내던 어느 날, 상태가 많이 심각해 보이는 화분이 눈에 들어왔다.
그제야 큰일 났다 싶어 화분을 물에 담그고 지켜보았지만
전과 달리 상태의 변화가 전혀 없었다.

괜찮겠거니, 그래도 되겠거니 생각했던 것은
한계점을 지나 내 생각처럼
더 이상 괜찮지 않았다.

03
—
멀지만 가까운 타인들 속에서

거기서 거기

설거지를 하다가 문득 수저 하나를 들고
이 수저의 이동 경로를 눈으로 훑어보았는데,
휙하고 1초도 안 걸린다.

어른이 되지 않아

수저통에서
식탁으로
개수대를 거쳐
건조대에 잠깐,
그리고 다시 수저통으로…

거기서 거기,
매일 주방 언저리를 떠나지 못하는 수저들의 단조로운 행동반경을
보라.

내 생활반경이라는 것도
수저와 별반 다르지 않아서
슬며시 웃음이 났다.
언제 멀리 나갈 때 가방에 오래된 수저 하나 넣고 나가
세상 구경 좀 시켜 줄까나?

어른이 되지 않아

김칫국

떡 줄 사람은 생각도 않고 있는데
김칫국부터 마셨다.

떡을 줘도 배불러서 못 먹을 정도로…!

기대와 열망이 섞여

어쩌면 욕심과 초조함으로 발효된 김칫국.

손에 쥐어지지 않는 떡 대신 국물로 허기진 배를 채운다.

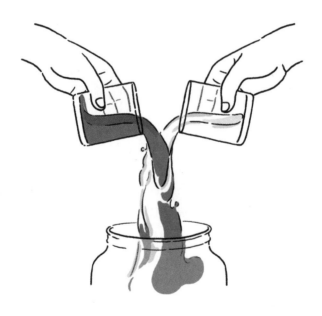

어른이 되지 않아

카페의 시간

카페에서 누군가와 마주 앉아 이야기를 나누는 것도 좋지만
어색한 침묵을 참을 수 없거나,
미처 거르지 못한 말들이 쏟아져 나올 때는
대화의 순간이 벅차게 느껴진다.

내 경우엔 오랜 친구라 해도
이런 대화의 압박에서 완전히 자유롭지 않다. 하지만
남편과 나누는 시간만큼은 이런 작은 부담도 없이
유연하게 흘러간다.

각자 읽을 책을 준비해 가거나,
카페에 있는 잡지를 보기도 하고,
그러다 편하게 두런두런 말을 섞으며 차를 홀짝이고,
노트북을 펴놓고 인터넷 검색을 하기도 하다가,
카페에서 보이는 이런저런 풍경들을 감상하기도 한다.

시간을 말로 꽉 채우지 않아도 불편하지 않다.

오히려 말하지 않아도 꽤 괜찮은 분위기를 공유할 수 있게 되었다.

그래서 우린 자주 같이 카페에 간다.

서로가 제일 편하니까.

어른이 되지 않아

가보지 않은 길

배우자는 찾아지는 걸까? 아니면 운명처럼 만나지는 걸까?

막상 좋아하는 사람을 만나는 것도 쉽지 않은 일,
이 어려운 일은 해내고 나면 사랑하는 사람과

한시도 떨어지기 싫은 마음이 차오르고 평생을 함께하고 싶다는 결정에 이르게 되는 것이 결혼이 아닐까 한다.

하지만 그렇게 불같은 연애에도 결혼을 앞두면
공동생활 영위에 덧붙는 두루두루한 현실적 고민이 붙는다.

이제껏 결혼에 많은 조건을 달지 않았다 자부해 왔지만
배우자에게 내게 결핍된 무언가를 매력으로 느끼는 시작부터가
내 짝이 될 사람의 조건을 살피는 시작이 아니었나 싶다.

번식기의 조그만 산새들도 종종걸음 치며 온갖 재주를 내세워 짝을 찾는데, 이도 저도 따지지 않는 순수한 만남이란 것이 존재할까?

그렇지만 대놓고 경제력과 외모 같은 세속적 전제조건들이 먼저 튀어나와 버린 경우엔 조건충족을 위한 결혼이 되어버리는 것 같은 씁쓸한 인상을 남기기 십상이며 그런 셈법으로 짝을 고른다 한들, 그 조건이 평생 흔들림 없이 유지 되리란 법도 없으니 곤란하기는 마찬가지란 생각이다.

이것과 비교대상이 될 순 없겠지만 이렇게 선택이 되어 버리는 결혼이라는 결정과 비슷한 구석이 있는 것들이 있다.

아무리 유명한 맛집이라 해도 막상 먹어보기 전에는 그 맛을 알 수

없고, 화제의 베스트셀러도 들춰보면 내용이 별로 일 때가 있는 것
처럼 직접 먹어보고, 읽어보기 전에는 그 평판을 확신할 수 없는 것
이다.
경험에 비추어 얻는 정보가 아닌 그럴듯한 무언가는
100% 딱 맞는 선택의 조건이 될 수 없다는 것.

결국엔 작은 조건들은 묻히고 그 어느 때보다 이타적인 마음이 차올
라 상대를 아끼고 염려하는 마음이 작은 것을 가리니 역시나 사랑은
오묘하다는 진부한 결론을 내릴 수밖에 없다.

이 아름다운 사랑이 강력한 방부처리라도 해둘 수 있는 것이라면 좋
으련만 들쑥날쑥한 유통기한이 박힌 듯 제각각 변할 수 있는 것이
사랑이다. 결혼도 '영 나랑 안 맞네'하고 뒤돌아서면 그뿐인 맛집과
책 고르기 정도로 끝날 수 있는 단순한 일이 아니니, 경험해 보기전
까지 불안한 마음이 드는 건 당연한 일이 아닐까.

경험하지 않은 모든 길은 그래서 어려운 것 같다.

나와 나타샤와 흰 당나귀

백석의 시 '나와 나타샤와 흰 당나귀'를
어느 일요일, 성북동에 조용히 자리 잡은 사찰 길상사에 있는
시비詩碑에서 만났다.
백석의 연인 자야가 1,000억 자산도 백석의 시 한 편만 못하다 했다
는 그 전설의 시를 이제서야…
시인은 어쩌면 오지 않을 애인을 기다리며 소주를 마신다.
그리고 허세를 부리며
'…산골로 가는 것은 세상한테 지는 것이 아니라
세상 같은 건 더러워 버리는 것…'이라고 한다.

나라를 잃은 슬픔도 크고 산골로 같이 들어 갈 애인도 흰 당나귀 같
은 변변한 차도 없는 백석보다 더 우울해 보이는 요즘 청춘들이 생각
나, 마음에 박히는 시구절 앞에서 오랫동안 시를 보고 또 보았다.

어른이 되지 않아

뇌구조

무엇을 하든
어디에 있든
어떤 생각을 하든
무슨 꿈을 꾸든…

내 뇌구조는 늘 사람으로 연결되어 있고
결국은 사람에 관한 것으로 구성되어 있다.
나와 연결되어 있고 내가 선망하는
때론 미워하고 걱정하며 기뻐하는 그 모든 것이
사람과 떨어져 있는 것은 없다.
그 중심에 나라는 사람까지도.

어른이 되지 않아

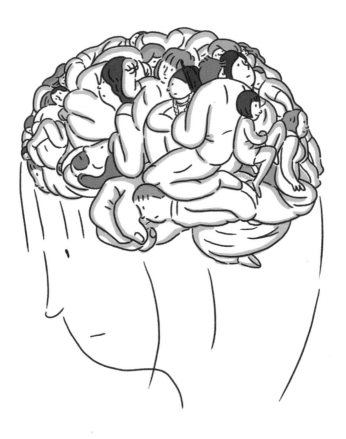

리셋증후군

특별한 고지도 없이 갑자기 문을 닫아 버리는 가게가 있다면
그 가게를 좋아하고 즐겨 찾던 손님들은 황당한 마음에
'아니 왜 갑자기?' 라고 궁금해 하다가
거기까지 찾아간 성의가 무시당한 것 같은 분한 마음마저 들지도 모른다.

단골집과의 이별에도 이렇게 다양한 감정이 드는데
친분을 나누던 인간관계에서 생기는 갑작스런 단절은
상대에게 큰 상처를 남길 수밖에 없다.
그렇게 연락을 끊을 정도로 잘못한 게 뭐있다고…
'정말 너무 한 거 아닌가!' 하는 모멸감마저 드는 것이다.

하지만 리셋 버튼을 눌러버린 당사자의 마음은
"이 정도의 음식과 분위기로 가게를 유지하기 싫은데…
좀 더 잘하고 싶고 멋지게 하고 싶었는데 말이야!"와 같이
일단은 잠깐 쉬고 싶다는 단순한 이유일지도 모른다.

문제는 그것이 손님이든 친분 관계든 간에
고지 없이 일방적으로 리셋을 당해 상처 입은 마음은
다시 되돌리기 쉽지 않다는 것이다.

생각처럼 리셋한 후 상황이 전보다 나아지지 않고
다시 가게 문을 열어야 하는 경우는 늘 반복된다.
마음 상한 손님은 발길을 끊고 안 좋은 평판만 늘어가는 것이 현실
임을 깨닫게 된다면 예전처럼 훅!하고 쉽게 리셋 버튼을 누르지 못
할 것 같다.

어른이 되지 않아

모래성

모래성에 작은 기 하나 꽂고
깃대가 쓰러질 때까지 야금야금
한 줌씩 모래를 덜어낸다.

이처럼 조그맣게 뭉쳐 있던 주변의 사람들을
모래 걷어내듯 한 줌 한 줌 훑어냈다.

부슬부슬한 모래알 같은 사람들.
어쩌면 미워서 헐어버린 모래성과 같은 관계들…

생각해 보면 그래도 작은 깃발처럼 팔락거리던 나를
지탱해주던 모래더미 같은 사람들이었는데…

치워버리고 나니 미련이 남았다.

어른이 되지 않아

점점 좁아지는 틀

현재 내 나이를 의식하다가
어른스럽지 못한 행동이 아닌가 생각하고
눈치 보며 미루게 되는 것이 점점 많아진다.
이렇게 점점 좁아지는 틀 안에 스스로를 가두고
뻣뻣하게 굳어가는 것이 어른이 되는 건 아닐 텐데…
천진함과 유연함이라는 아름다운 덕목을 잃지 않는 것이
젊고 늙음의 경계를 허무는 가장 간단한 방법이지 않을까.
어렵게 생각하지 말고 살아온 경험을 챙겨
두터운 나이테에서 한 발짝만 벗어나 보자.
굳이 그런 나이테를 두르고 살지 않아도 되는 날이 곧 올테니.

어른이 되지 않아

바깥공기가 필요한 이유

때맞춰 물도 흠뻑 주고 볕 잘 드는 창가에서 신경 써서 키웠건만
나무에 하얀 진액 같은 벌레가 자꾸 껴서 그 이유를
식물에 대해 잘 아는 분께 여쭈어 봤더니,
베란다 창문을 어느 정도 열어두고 자주 바람을 쐬어 줘야 한단다.

사람도 나무와 같아서
물과 햇볕처럼 꼭 필요한 요건을 갖고 있어도
창문 사이로 들어오는 세상의 바람과 통하고 살아야
녹이 슬지 않을 거란 생각이 든다.

어른이 되지 않아

빅 브라더

샤워를 마치고 나왔는데 몸을 닦을 수건을 찾을 수가 없다…

아뿔싸, 개어 놓은 수건을 준비해서 욕실에 들어갔어야 하는데
그냥 덜렁 옷을 훌훌 벗고 샤워하기 바빴다.
몸에서 물이 뚝뚝 떨어져도
어쩔 수 없이 수건을 가지러 나가는 수밖에 없다.

벗어 놓은 옷을 다시 입자니 들어가지도 않고 해서
대충 바지를 길게 펴서 몸 앞을 가리고 나섰는데,
'헉'…거실 커튼이 열려 있다.

아무리 혼자 있는 낮 시간의 공간이라지만 앞만 가린 꼴로
머리에선 물이 떨어지고 수건까지 팔이 잘 닿지 않아 안간힘을 다해
손을 뻗는 모양새를 누가 보기라도 하면 가관일듯 싶었다.

그래도 어찌어찌 팔을 뻗어 간신히 빨래걸이의 수건에 손이 닿아 겨

어른이 되지 않아

우 몸을 닦았다.

'아이고, 혹시라도 열린 틈새로 내 벌거벗은 몸을 본 사람은 없겠지?'
하는 찜찜한 마음이 든다.

옷을 입고 정신을 차린 다음 컴퓨터에 앉아서 '개인정보 이용내역에
대한 안내' 메일을 열어보니 내 개인정보가 위탁된 어느 곳에 최소
의 정보가 제공됨을 알려드린다는 내용이 들어있었다.

이제 이런 메일은 자세히 읽어 볼 마음이 생기지도 않는다. 해마다 수천만의 개인정보가 유출되는 사건이 드문드문 일어나는 요즘, 개인정보 노출에 대해 점점 무감각해지기 때문이다.

혼자 있던 집안에서도 혹시라도 누가 벗은 내 몸을 볼까봐 진땀을 빼면서 염려하고 조심하고 있지만, 온라인에 저장된 신상 정보는 이미 감출 수 없는 범주에 떠 있다.

누군가 마음만 먹으면 무슨 글을 썼는지, 어느 곳에 관심을 두고 있는지는 물론 나의 일거수일투족을 감시받을 수 있는 불안한 세상이다. 조지 오웰이 예견한 빅 브라더 시대에서 꼼짝없이 개인정보가 노출될 수밖에 없는 무기력한 존재가 되고 만 것인지?

'나는 네가 지난 여름에 무슨 일을 했는지 알 뿐만 아니라, 앞으로도 별 수 없을 거야'와 같은 공포영화에나 등장할 법한 메시지가 툭 튀어 나와도 놀랄 일이 아닌 것 같다.

어른이 되지 않아

사랑 없이는 안돼

사랑은 해도 되고 안 해도 되는 것이 아니라 꼭 해야만 살아 갈 수 있는 것.
나를 껴안아 줄 누군가가 있어야 한다.

우린 사랑이 아니면 인정이라도 받아야 살아낼 수 있는 그런 존재다.
인정해주고 격려해 줄 대상이 내가 될 때도 있다.
무조건 아껴주고 인정해주자.

아르바이트의 추억

대학 1학년 여름 방학 때, 유명 삼계탕집에서 아르바이트를 시작했다. 처음 해보는 아르바이트였고, 펄펄 끓는 돌솥 안에 든 삼계탕을 2인 분씩 나르려니 조심스럽고 무거워서 여간 힘든 게 아니었다.

어른이 되지 않아

휴식 시간이라고는 비좁은 난간 같은 철재 계단을 따라 올라가면 있던 옥탑에 자리한 허름한 직원 식당에서 밥을 먹는 시간이 다였다. 내심 한 번쯤은 그 집 삼계탕을 맛볼 수 있지 않을까 기대했지만 두 달의 아르바이트 기간이 끝날 때까지 그런 일은 일어나지 않았다.

시간이 흘러 무심코 그 삼계탕집 앞을 지나게 되면 첫 아르바이트의 추억이 떠오르곤 하는데, 그 유명하다는 맛집에 가서 삼계탕을 먹어봐야겠다는 생각은 들지 않았다. 먹어본 적 없는 삼계탕에 나도 모르게 한이라도 맺혔던 걸까?

내가 주인이었다면 한 번은 아르바이트생에게 삼계탕을 맛보게 했을 텐데… 미래의 단골 고객이 될 수도 있는 아르바이트생에게 맛보기 기회를 주었다면 어땠을까?

하지만 지금도 손님으로 북적거리는 가게 안을 보니,
여전히 그런 아쉬움은 혼자 간직해두는 게 좋아 보인다.

어른이 되지 않아

어쩌면 모두가 청춘

마음은 청춘이란 말이 나올 때부터가
사실 젊음이 멀리 사라진 확실한 지점인지도 모른다.

마음은 청춘인데, 겉모습만 늙어가는 것 같은
혼란스러움이 모두에게 오는 시점이 있을 것이다.

우리의 청춘은 어쩌면 지지 않는 무한한 것이리라.

청춘은 그 가장 푸르던 시점,
그 시절에 영원히 그곳에 머무르고 있는 것이다.

어른이 되지 않아

약자가 되는 순간

남편이 출근할 때 웃으며 배웅을 하지만,
그가 현관문을 닫고 나면 진지하게 두 손 모아 짤막한 기도를 하게
된다.
짧은 하루지만 집을 나서는 남편의 무사 귀환을 바라는 마음을 혼자
중얼거려 보는 것이다. 저녁이 되어 돌아오는 남편을 보면 나도 모
르게 기도에 보답을 받는 기분이 든다.

특별히 믿는 종교는 없지만 매일 하는 이 짧은 기도는
내 안에 존재하는 불안을 달래는 방법 중 하나이다.

그 대상이 사랑하는 자녀이건, 남편이건, 부모이건, 연인이건,
내 목숨보다 소중한 대상 앞에선 우리는 꼼짝없이 약자가 되고 만다.

그 사람의 안위를 걱정하고,
미래를 염려하고, 행복을 기원하는 마음.

약자가 되는 순간,
그것은 진실로 사랑하는 사람이 생기는 순간부터 인 것 같다.

꽃길보다는 가시밭길이 더 많이 보이는, 이불 밖으로 사랑하는 사람
을 내놓아야 하는 사람들은 오늘도 그저 손 모아 기도하고 그들의
무사함을 바랄 수밖에 없다.

어른이 되지 않아

인형뽑기와 다른 연애

어른이 되지 않아

꼭 마음에 드는 상대는 아니지만

우선 걸리는 대로 하나 뽑아 볼까 하는 심정으로

뛰어들어선 안되는 것이 바로 '연애'다.

꼭 이 사람이어야 한다는 확신 없이

게임처럼 쉽게 덤벼선 안되는 게 '사랑'이다.

죽어라 한다고 해서 마음대로 되는 것도 없는 게 그것이지만.

사람 마음을 주물럭

사람 마음을 한번 얻기도 힘들고,
얻은 마음도 쉽게 떠난다.

화려한 언변으로
타고난 사교력으로
빛나는 매력으로 사람 마음을 제 맘대로
주무르는 사람들이 있어 항상 놀랍다.

내 뜻대로 되지 않는 타인의 마음이
마치 마음대로 요리되는 재료처럼
손아래 있는 걸 보면
알다가도 모를 사람 마음과 요리조리 마음을 요리하는
그 재주들이 용할 뿐이다.

어른이 되지 않아

이해의 손길

미처 알지 못했지만
나의 허물과 과오가 상대방의 넉넉한 마음으로 용서받은 적이 있지
않을까 싶다.

자신의 과거를 돌아보고 젊은 나를 이해해주는 어른의 마음이 있어
용서받고 지나온 시간들이 분명 있을 것이다.

일일이 '너 왜 그러냐?'며 미운 눈으로 보지 않고 덮어준 어른이 있는
데도 모르고 지나친 그 아량 깊은 어른에게 지금이라도 감사의 마음
을 전하고 싶다.

어떤 젊은이에게 나의 따뜻한 시선을 전한다면, 내가 받은 그 넓은
이해에 대한 답이 되지 않을까?

언젠가 진정한 어른이 되면 말이다.

절이 싫으면 중이 고친다

'절이 싫으면 중이 떠나라.'

어른이 되지 않아

종종 이 말을 상기하며 내가 속한 조직과 마찰이 생길 때마다
문제를 회피하곤 했다.
존재감이 없는 내가 어떻게 막강한 조직과 싸울 수 있을까?
이 한 몸 희생한다고 해서 조직 문화가 바뀌는 기적을 기대하기도
힘들어 보였다.

제대로 된 절은 다짜고짜 절이 마음에 안 들면
네가 떠나라고 말하지 않을 것이다.
그렇게 잘라 말하는 절이라면, 그곳은 그저 허울에 불과한 빈집에
지나지 않을까? 조직원이 싫어하는 조직, 조직원을 쉽게 내치는 조
직은 분명 문제가 있다.

모두가 행복하지 않는 곳에서
다 같이 조직에 맞설 용기를 가져야 한다.
다수가 싫어하는 절은 그 절이 새롭게 거듭나야 한다는 걸
우리는 조금씩 깨달아가고 있다.
이젠 '절이 싫으면 중이 절을 고친다'로 슬로건이 바뀌었으면 한다.

어른이 되지 않아

존버시대

디자인 회사를 다닐 때,

날밤을 새서 일하고 새벽 다섯 시에 퇴근하던 날의 일이다.

새벽녘에 출근하는 부지런한 노동자들과 섞여 집으로 돌아오는 길

에 쏟아지는 잠을 주체하지 못해 지하철 창에 머리를 찧고,

고개를 좌우로 움직이며 한참 기절한 듯 졸던 나는

옆자리의 아주머니가 내어주신 어깨 위에서 눈을 뜨게 되었다.

대체 얼마나 이 아주머니의 어깨에 기대어 잠을 잔 걸까?

눈을 뜨자마자 때마침 열린 문에 화들짝 놀라며 그분께 부끄러운 목

례를 하고 정신없이 내렸는데, 시간이 한참이 지난 지금까지도 그

따뜻하고 포근했던 어깨의 감촉을 잊지 못하고 있다.

하지만 그런 치열한 시절도 잠시였다.

나는 분주하고 팍팍한 삶의 현장을 본 지 오래되었다.

돌이켜 보면 결혼 유무를 떠나 맹렬하게 일하는 요즘의 여성들과 달

리 남편에게 의지하는 마음이 있어 비교적 일을 쉽게 그만 두곤 했

던 것 같다.

큰 고민 없이 회사를 그만두는 아내를 둔 남편의 심정은 어땠을까?

혼자서 가정을 책임져야 하는 가장의 부담을 느꼈을 것이다.

생계 일선에 선 사람의 부담감만 할까 싶지만,

그 와중에 잉여의 입장이 되어버린 나또한 마음이 편하지만은 않았다.

존X게 버티며 사는 사람들.

고된 회사일과 더불어 복잡한 인간관계에서 오는 스트레스를 견디며 회사를 쉽게 떠나지 못하고 오늘도 내일도 살아 내고 있는 사람들에게 경의를 표한다.

세상 경험이 많아질수록 오히려 별 볼일 없이 작게만 보이던 아버지. 그도 매일 입버릇처럼 '회사 그만두고 싶다'는 말을 달고 살면서도 결국 자식들이 학교를 마칠 때까지 퇴사하지 못하고 30년을 버텨냈다. 그것이 내가 해내지 못한 쉽지 않은 일임을 알았을 때, 누구나 그러하듯 나도 조금은 철이 들었단 생각이 들었다.

아버지 세대와 달리 이제는 버틸 만큼 버텼고, 질릴 만큼 질릴 때, 그만두어도 좋다고 생각한다.
하지만 여전히 쉽게 결정을 못 내리는 막막한 현실이 분명 있다.
'일하지 않는 자, 먹지도 말라'는 말이 구호가 아닌 현실로 다가오면 누구나 존X게 버틸 수밖에 없는 것이다.
'존버시대'를 관통하면서 버티며 살고 있는 사람들을
가벼운 칭찬으로 발목 잡을 생각은 없지만,
왠지 어른이란 이름을 달아도 부끄럽지 않은 이들의 치열한 생존기가 참으로 대단하고 숭고하여 모두에게 칭찬 배지라도 달아주고픈 심정이다.

출발점

세상이 참 공평하다고 생각한 적이 있었다. 아무리 대단한 사람도 누구나 늙고, 부자가 몇 배로 더 오래 살 수 있는 것도 아니고 죽음 앞에선 누구나 평등하니 '인생이 결국 참 공평한 것이구나'라고 생각을 했던 것이다.

하지만 인간이 모두 비슷한 평균수명을 유지하고 죽는다고 해서 이 세상이 참 공평하게 굴러간다고 믿는 사람은 별로 없을 듯하다.

몸 누힐 공간에 난방이 되고 따뜻한 온수로 샤워를 할 수 있을 정도의 생활을 할 수 있다면 감사해야 한다는 글을 읽고, 마음에서 불평의 기운이 새어 나올 때면 '그래 이 정도면 전 세계의 많은 이들이 누리고 살지 못하는 기본을 누리는 삶에 감사해야지' 하고 환기하곤 한다. 요즘은 선진국 어디를 봐도 생활의 기본을 누리는 것조차 쉽지 않아 보이니 세상이 단단히 잘못 돌아가고 있다는 생각이 든다.

세계 곳곳의 젊은이들이 도심에서 방 한 칸 월세를 얻어 생활하는 것이 점점 어려워지고 있다. 거창한 경제 원리를 따지지 않더라도 도심의 극빈층이 늘어가고 구제될 길이 없는 현실 앞에선 공평한 사회가 아니라는 사실이 명확해보인다. 어쩔 수 없이 이런 현실에 체념하다가도 가끔은 화가 나서 내가 당장 할 수 있는 것을 모색해 본다. 아무리 생각해도 우리의 작은 목소리를 합쳐 연대하는 일이 최선이다.

어른이 되지 않아

이 공평치 못한 세상에서 '아프니까 청춘'이라고 거짓으로 위로하는 말은 필요없다는 청춘들의 목소리가 커지고, 꿈을 잃은 사람들은 등 떠밀려 열심히 사는 데 지쳐 '노오력'이란 말에 신물이 난다고 한다. 이렇게 살아도 저렇게 살아도 달라질 것 없는 세상에서 애쓸 필요가 있냐는 자조 섞인 청춘들의 체념에는 할 말이 없어진다.

어느 정도 공평해 보이기라도 한 사회의 기반을 다지도록 힘을 써보는 것. 우리가 바로 실천할 수 있는 일은 모두가 방관하지 말고 작은 목소리를 내는 것이다.

그것이 출발부터 엄연히 다른 세상이 되어버린 불평등한 사회를 바꾸는 작은 발걸음이 아닐까.

피노키오의 얼굴

어른이 되지 않아

베란다에 있는 호스걸이를 보고 있자니
조그맣게 박혀있는 두 나사못은 동그란 눈 같고,
뾰족하게 나온 걸이 부분은 코처럼 보였다.
아크릴 물감으로 조그만 얼굴에 머리카락과 입을 그려 넣고
빨갛게 코를 색칠해 보았다.

딱 피노키오처럼.

쓰임이 별로 없던 작은 걸이인데,
낮에 가끔 햇살 드는 베란다에서 의자를 돌려 놓고 책을 읽다 보니
작은 얼굴 같아 보이는 호스걸이가 눈에 들어 온 것이다.

몇 년 전 인터넷으로 주문한 중고 그림책 끝장에
빨간 색연필로 한 페이지 가득 쓰인 천진한 글이 귀여워서 웃음이
터진 적이 있다.
'다시는 공룡이 있다고 거짓말을 하지 않겠습니다'라고 빼곡히 채워
진 반성문.
아마 공룡타령에 지친 엄마에게 혼난 아이가
이 책 뒤편에 눈물을 훔치며 한 자 한 자 써 내려갔을 것이다.

거짓말쟁이로 몰려 혼이 나고 반성문을 썼을 꼬마를 생각하니
눈앞의 피노키오와 많이 다르지 않을 것 같다.

공룡에 심취했던 어린 피노키오는 어떤 어른으로 성장하고 있을까?
내가 그려 넣은 귀여운 아이의 미소를 보며 나도 싱긋 웃어본다.

이웃에 고수가 산다

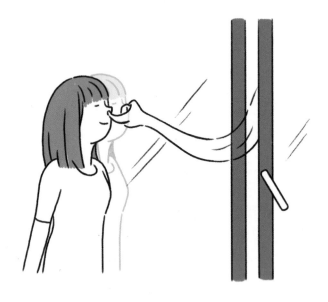

정확히 어느 집인지 알 수 없지만
우리 집 근처에 대단한 요리 고수가 살고 있음이 틀림없다.

이른 아침부터 점심, 저녁 시도 때도 없이 고수가 내뿜는 막강한 냄새가 풍겨오는데… 정말 그 고수가 어디 사는, 누군인지 궁금할 따름이다.

무슨 명품 참기름이라도 쓰는 걸까?
고소한 참기름 냄새가 감도는 각종 나물요리부터
와! 하고 입맛을 다시게 만드는 육개장 냄새에
종류도 다양한 각종 한식 요리 냄새가
밤낮으로 풍겨온다.

어른이 되지 않아

특별한 반찬 없이 평범한 상을 차리는 날에는
솔직히 숟가락 들고 그 집에 가서
"저희도 오늘 한 끼 같이 하면 안 될까요?"라고 묻고 싶어질 지경이다.
고수의 내공 깊은 음식 냄새가 훅 하고 들어 올 때면
이미 난 대적 할 수 없는 상대가 되는 무력감을 느낀다.

오늘도 방심하고 있는 사이 또 훅하고 들어 올
요리 냄새의 정체가 무엇인지 궁금해지는 날이다.

차오를 시간

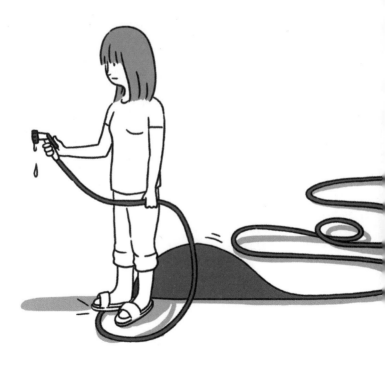

어른이 되지 않아

길고 긴 야외용 호스에 물이 차오르길 기다리다 보면,
물이 언제 나올 지 알 수 없을 때가 많다.
수도를 틀었는지 아니면 반대로 잠갔는지 헷갈려
기껏 열어 놓은 수도꼭지를 잠가 더 오래 기다리기도 한다.
한번은 중간에 호스를 밟고 있는 줄도 모르고
하염없이 기다리기도 했다.

늘 그렇듯 무언가 차오르는 시간이 필요하다는 걸 알면서도
그 잠시를 지켜보고 있는 것조차 쉽지 않은 일이다.

하지만 이런 시행착오에도 불구하고 호스에 물이 차오르면
시원한 물이 뿜어져 나오듯, 감사하게도 내가 작정하고 벌인 일에는
항상 기대 이상의 결과가 있었다. 작정하기까지가 힘들어서 문제지
만…….

차분히 차오를 시간을 갖기!
이 단순한 원리를 다시 되새겨 본다.

어른이 되지 않아

행복의 조건

고장난 이성으로 하는 것이 사랑이라는데,
그 정신에 좋은 사람을 만난다는 것은 얼마나 큰 행운인가!

서로에게 자주 감사 인사를 전하며
진실한 사랑을 나누는 것이
결코 쉬운 일이 아니란 걸 알게 된 후,
조심스러운 아찔한 안도감이 든다.

항상 생각한다.
이것만으로도 나는 넘치게 행복한 사람이라고……

어른이 되지 않아

에필로그

누구의 삶이나 서로 다른 듯 보이지만 많이 다르지 않아서
별나지 않은 나의 이야기를 풀어내다 보면
어느 한 부분 정도는 다른 이의 일상과 닮아 있으리라 생각합니다.

쉬워 보이지 않는 '어른'이라는 말.

이제는 어쩔 수 없는 어른이지만 또 언제까지나 어른이 되지 않을
것 같은 모순투성이의 이야기를 간단한 그림과 글이 있는 에세이로
엮었습니다. 살다 보면 얻어지는 게 있고 잃는 것이 있는데, 시간은
우리에게 질문과 깨달음, 좌절과 한탄, 절망과 희망의 복합선물을
주고 뺏기를 반복하는 듯합니다. 자연스럽게 생활에 녹아드는 여러
감정과 복잡한 마음을 친구에게 수다를 떨 듯 나누고 싶었습니다.

소소한 일상뿐만 아니라 사회 구성원으로서의 나를 되돌아보는 에
피소드도 빼놓지 않으려 했습니다. 여러분과 제가 함께 부대끼며 살
아가야 할 우리의 소중한 세상 이야기를 담고 싶었습니다. 한번쯤

자신의 인생을 되돌아보고 타인의 안녕을 기원하는 기회가 되기를
빌며…….

어른이 되지 않아

초판 1쇄 인쇄　　2018년 3월 25일
초판 1쇄 발행　　2018년 3월 30일

지은이　　　　　반디울

펴낸이　　　　　임현석
펴낸곳　　　　　지금이책
주소　　　　　　경기도 고양시 일산서구 킨텍스로 410
전화　　　　　　070-8229-3755
팩스　　　　　　0303-3130-3753
이메일　　　　　now_book@naver.com
홈페이지　　　　nowbook.modoo.at
등록　　　　　　제2015-000174호

ISBN　　　　　 979-11-88554-10-2 03800

이 도서의 국립중앙도서관 출판예정도서목록(CIP)은 서지정보유통지원시스템 홈페이지(http://seoji.nl.go.kr)와 국가자료공동목록시스템(http://www.nl.go.kr/kolisnet)에서 이용하실 수 있습니다. (CIP제어번호 : CIP2018006993)